P9-ARR-712

Preguntas tontitas

Escrito por Lynea Bowdish
Ilustrado por Eldon C. Doty

Children's Press®
Una División de Scholastic Inc.
Nueva York • Toronto • Londres • Auckland • Sydney
Ciudad de México • Nueva Delhi • Hong Kong
Danbury, Connecticut

Para que Lois Carlsten Smith, prima cariñosa y amiga
sustentadora, pueda agregar este libro a su colección.
—L.B.

A Sally Doty
—E.C.D.

Especialista de la lectura
Katharine A. Kane
(Jubilada de la Oficina de Educación del Condado de San Diego
y la Universidad Estatal de San Diego)

Traductora
Jacqueline M. Córdova, Ph.D.
Universidad Estatal de California, Fullerton

Información de publicación de la Biblioteca del Congreso de los EE.UU.

Bowdish, Lynea.
    [Silly questions. Spanish]
    Preguntas tontitas / escrito por Lynea Bowdish ; ilustrado por Eldon C.
Doty.
       p. cm. — (Rookie español)
    Resumen: En este cuento hay preguntas tan insólitas como: "¿Alguna vez
has tratado de hacer que se ría un elefante?" "¿Has bailado un vals con un pingüino?" y "¿Has cantado un dúo con un alce de pelo rizado?"
      ISBN 0-516-22360-7 (lib. bdg.)   0-516-26319-6 (pbk.)
[1. Animales—ficción. 2. Cuentos rimados. 3. Libros en español.] I. Doty, Eldon,
il. II. Título. III. Serie.
PZ74.3 .S45 2001
[E]—dc21

                        2001028352

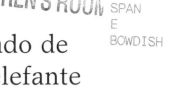

¿Alguna vez has tratado de hacer que se ría un elefante

3

o le has hecho cosquillas
a una tortuga

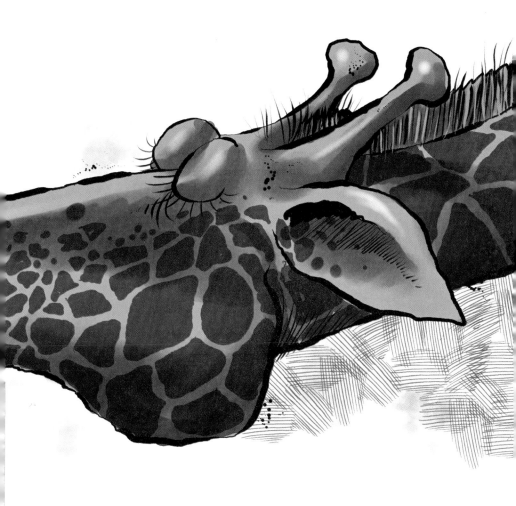

o has besado a una jirafa?

¿Has bailado un vals
con un pingüino

o has cenado con un murciélago

o has pescado con una rana que
lleva un gran sombrero amarillo?

Has tratado, quizás, de darle
la mano a una víbora

o has ayudado a un pulpo rosado
a comer su pastel de cumpleaños.

17

¿Has cantado a dúo con
un alce de pelo rizado

19

o has abrazado a una gorila

o has jugado boliche con
un ganso?

24

¿Te has bañado
con una morsa

o le has leído a una mosca?

¿No lo has hecho?

Bueno, para decir la verdad,
¡tampoco lo he hecho yo!

Lista de palabras (70 palabras)

a	con	hecho	para	sombrero
abrazado	cosquillas	jirafa	pastel	su
alce	cumpleaños	jugado	pelo	tampoco
alguna	darle	la	pescado	te
amarillo	de	le	pingüino	tontitas
ayudado	decir	leído	preguntas	tortuga
bailado	dúo	lo	pulpo	tratado
bañado	elefante	lleva	que	un
besado	ganso	mano	quizás	una
boliche	gorila	morsa	rana	vals
bueno	gran	mosca	ría	vez
cantado	hacer	murciélago	rizado	víbora
cenado	has	no	rosado	verdad
comer	he	o	se	yo

Sobre la autora

Lynea Bowdish vive en Hollywood, Maryland, con su esposo David Roberts, dos perros, una carpa dorada y un flamenco rosado de plástico. Le gusta mirar las aves y las mariposas y a veces trata de hacer crecer unas flores. Con frecuencia hace preguntas tontitas a sí misma y a otra gente.

Sobre el ilustrador

Ya que tiene cincuenta y siete años, Eldon Doty vive con su esposa y su perrito Soupy en Santa Rosa, California. De niño aprendió a dibujar, copiando de revistas. Más tarde se graduó de la Universidad de Washington, titulado en historia. Después de trabajar como policía durante trece años, asistió a la Academia de Arte de San Francisco durante los años 1980. Ha ilustrado numerosos libros para niños y ha creado ilustraciones humorísticas para anuncios comerciales, libros escolares y publicaciones de corporaciones. Su dibujo predilecto de este libro es el del alce de pelo rizado.